雨を見ている

根来眞知子
詩集

Negoro Machiko

澪標

雨を見ている

根来眞知子詩集

目次

I

II

Ⅲ

装幀　森本良成

I

超特急

一月は往ぬる
二月は逃げる
三月は去る
とは言うけど
日が過ぎるの
何でこんなに速いんやろ

子どもの頃は月日のたつのって
鈍行列車に乗ってるみたいだった

それが年と共にだんだん速くなって
今はまるで超特急「はるか」や
外の景色をゆっくり見てる間もない
何をしたんか
何があったんか
よう解らんままや

あとどのくらいか知らんが
ますます速くなるとしたら
リニアってやつの
あの速度に乗って
あっという間に宇宙の遠くの
ブラックホールに吸い込まれるのか

何をしたんか
何があったんか
解からんままに

地球儀

本棚の上に今もある地球儀
ソビエト連邦がでんとかまえている古いもの
もういらないから捨てようか
ロシアなのだ　今は

何年前だったかフランスへのフライト
関空を発った飛行機は
日本海を越えユーラシア大陸へ
まさしくソビエト連邦の上を飛んだ

「ただいま偏西風が強く飛行機は通常より
北のルートを取っています」と機長の説明
窓からのぞくと陸と海との境界線がくっきり
十二月の大陸も海も凍てついていた

「親父はこの地に抑留されていたんですよ」
一緒に見下ろしていた人がつぶやいた
「戦後も永く消息が分からなかったのですが
引き揚げ船で帰ってきて安堵したものの
身も心もボロボロでほどなく亡くなりました
ウラル山脈を越えたこともあったらしいけど
この凍てついた大地のどこにいたのか
どんな過酷な労働をさせられたのか
多くは語らなかったんです」

やがて夜
機内の多くの人は眠りについた
フランスは遠い
私も寝るべく席に戻った

本棚の上に今もある地球儀
まあ　おいておくか
国の呼び名が変わろうと
政権が変わろうと
地球の海も陸も変わりなく
その回転は続く

回転する地球の上で

人々の争いは絶えない
今世紀も狂気は続くのか

八月

そろそろお盆の用意をという頃に
ふと思い出す一枚の古びた写真
今はない父の生家の仏壇の上
戦闘帽をかぶった若者
南方で戦死したとだけ知っていた父の弟
貧しい暮らしだったあの頃
お盆の仏壇には
お水と一緒にこんもりとご飯
小さく鈴をたたき手を合わせていた

祖父と祖母のやせた後ろ姿

終戦後　何年もたってから
箱に入った一枚の紙切れが戻ってきただけと
子供だった私は誰に聞いたのだろう

太平洋戦争の戦死者三百万人
多くは餓死や病死　また玉砕という自殺であった
と　知った時のやりばのない怒り
二十歳そこその健康体だった叔父もまた
南方というずこかで炎天下
水も食べ物もない中で戦いもできぬほど衰え
息絶えたのか　自害を選ばされたのか
遺体もなく一枚の紙きれとなりはてて

戦争という愚かしさの激流に
いやおうなくまきこまれていった叔父の無念
そしてたくさんの若い兵士たちの無念
が　立ちのぼる八月
いやな月だ

ばあちゃんの夢

ばあちゃんの夢を見た
なんで？
長いこと思い出しもしなかったのに
水が欲しそうなので
コップに汲んで差し出すと
ばあちゃんではなく若い男の人が……
誰？
ああ　仏壇の上に飾ってあった
南方で戦死と聞いた戦闘帽の若者

すぐに消えていったけど
でもまたなんで今頃？

今年は戦後七十年となり
戦後　戦後と繰り返され
久しぶりに浮かび上がったのだろう
うすれていた戦争の記憶
私には　戦後の記憶だけど

夢から覚めしばらくぼんやりしていた
目覚めの水をとボトルを取り出す
戦後の貧しいあの日々
不機嫌で文句の多かったばあちゃん
覆い被さった戦争と戦後をのろい

帰らぬ息子に心を裂かれていたのだ
今ならわかる

今日は家庭ゴミの収集日だ
袋にはたくさんの紙類やプラスチック
そこに食べ残しや期限切れ食品
袋が重い
水さえケースで買って
のほほんと暮らしている

手にしたボトルの水が苦い

どこ？

遠くかすかに救急車のサイレンの音
事故だろうか急病人だろうか
眠ろうとしていた時なので
ぼんやりと　どこだろう

大雨で土砂崩れ　死者も出た
あれはどこ　中国の南部だったか
干ばつで作物は枯れ家畜も死んで
人々は飢えているという

あれはどこ　アフリカのどこか
ＩＳのテロを恐れて続々と難民が
国を棄て逃げているのだと
あれはどこ

次々起こるおびただしい災害のニュース
めまぐるしく変わりゆく
テレビの画面をちらっと見て
わかったつもりだけど
それってどこのこと？
すべて遠い国のこととしているが

地震と大津波で
メルトダウンした原子力発電所

今も高濃度の放射能を
どうすることもできないでいる
それはここ
日本　福島

たまり続ける汚染土
水もセシウムも洩れ続け
どうすることもできないものはどうにもできない
それはここ
日本　福島

龍神

久しぶりに目覚めてみると腹が減っていた
すぐになにか食べたい
ちょっとしたものではなく
がっつり腹に溜まるもの

と
深いところから異様な音がして
あたりが揺れているのに気付いた
だから目が覚めたのだ

だったらちょうどいい
魚や貝などでは満たされぬこの腹
久しぶりに喰ってやろう

うねり逆巻く波に乗って陸地に這い上がった
家をビルを飲み込んだ
船を車を飲み込んだ
たくさんの人を飲み込んだ
金属だろうがコンクリートだろうおかまいなし
何だって消化する胃袋だ
うまくはないがともかく腹はふくれた

想定外の大地震で大津波だと？
想定しなかったのは人間ども

海のそばまで建てたのは人間ども
狭い道に車を走らせたのは人間ども
おれはただ腹が減っていたのだ
喰われなければ高みに逃げろ
昔の人の言ったとおりに高みに
一刻も早く　それだけだ

とにかく俺は喰った
これでしばらく眠れるだろう
今度何時目覚めるかはわからん
が　そんなに先のことではないだろう
何しろすぐに腹は減るのだ

どれ　お休み

黄砂

あたりがほうっとぼやけている
テレビの気象情報は黄砂現象だと解説する
ああ　そういう季節なんだ

「マイナス二十度の凍り付く日が続く冬
春が近づき少しずつ温度が上がりだすと
ある日突然
ほんとうに突然黄砂が降るの
二重窓なのに家の中までざらざらする日が

何日も続くの
太陽がね
目玉焼き卵の黄身みたいに黄色いのよ」
終戦まで中国大陸で暮らした年上の友人の話

何かロマンチックな
不思議な自然現象と思っていた黄砂
ゴビ砂漠の砂が風に巻き上げられ
やがて偏西風に乗って日本にやってくる
事情を知ればそんなもんなんだと
いつか季節の風物詩のひとつ
と思うようになったけど

毎年見受けるようになったのは

何時からだろう
しかも
中国で発生する汚染物質が
纏い付いていると聞くと
黄砂って空気が薄汚れている現象なのだと
西の方角に怒りの眼を向ける

彼の地の太陽は今も
目玉焼玉子の黄身のように
黄色いままなのだろうか

絶対恐怖

霧島連峰の新燃岳が爆発的噴火をした　と
先ほどテレビのニュースが伝えた
黒い蒸気か煙か　すごく吹き出ている映像
　私は夕食後の洗い物を終え
　薄い番茶を飲んでいる

そういえば　と思い出す
木曽の御岳が予期せぬ噴火をして
あの時は死者がでたのだ

私は夕刊に目を通す
〝いじめ〟と〝忖度〟
と言う言葉が大手をふっている

日本は火山列島なんだ
富士山だって噴火したことがあるんだよ
物知りの友人が言っていた
　私は入浴の仕度をしながら
　思い出している
　活火山　休火山　死火山

日本列島の下に
似た形で存在するのかマグマは
少しづつ活動期に入ってきていると

これも物知りの友人の言葉
　私は目を瞑むってどっぷり湯船に
　すると吹き出そうとするマグマが光る
　つぎは……
　そして富士山は……

どこでいつ起こるか分からない大噴火
それは絶対恐怖
　なす術のないことを
　今考えてもなあと
　私の緩んだ脳みそは思考停止

少しづつ心地よくなり
そういうことは明日考えようと
小さくつぶやく

予感

山すそに広がるクヌギやコナラの雑木林
そのすみの草はらで小さく風がたつ
ひと群れのカヤ草がゆれ
ゆれる草の陰から
バッタが飛び出す
チョウチョが舞い上がる

かすかなざわめきに感電したかのように
枝で休んでいた小鳥たちが不安がる

羽ばたいたり　せわしく鳴き交わしたり
すると　林の奥のどこかで眠っていた
小さな動物たちが耳をそばだて目を光らせ
身体を硬くして逃げ出す態勢に入る

雲の動きが速くなり
木々の葉が小刻みに揺れだす
あたりが暗くなって風が舞いだす前触れ

遠くから　はるか遠くから
何か襲ってくるのではないか
たたきつぶされそうな
飲み込まれそうなどでかい何かが

こちらにやってくる予感
草むらのひと群れのカヤ草が
小さく揺れて
そして

Ⅱ

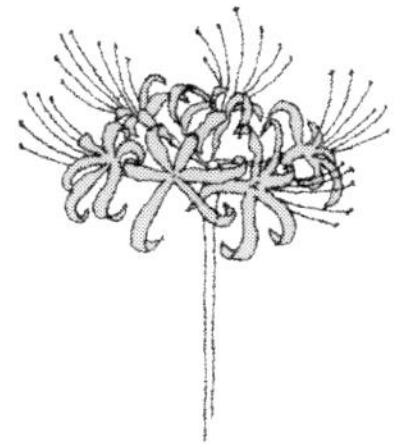

春呼ぶ小鳥

まだ寒い朝
庭の大きな金木犀の樹で
ウグイスが笹鳴きをしている
ああ　今年もまた

次々と咲き出した藪椿の樹で
四、五羽のメジロが飛び交っている
おしゃべりな女生徒のように
ささめき鳴き交わし右に左に

花の中に首をつっこんで
そしてどこかに

樹から樹へやかましく叫んで
羽音も高く飛び交っているヒヨドリ二羽
花を平気で食い散らかす

見慣れぬ鳥がやってきた
もっとよく見ようとしたがもういない
聞き慣れぬ鳴き声の鳥も
姿はどこなのか

いつのまにか
ツバメが巣に戻っている

海を越えてはるばるここまで
本能という超能力

山から森から
遠い外国からも
庭にやってくる鳥たち
その鳴き声が春をこぼすのだ

間もなく青空から
ヒバリが派手に声を振りまく
そうなると　春は完成

黄色

河川敷の菜の花がいまさかり
そんなに広くはない畑
〃一面の菜の花
一面の菜の花〃
ぐらいかな
でもそこのところは
黄色くほおっと明るい

あっ　花びらが舞いあがった
いいえ

あれは花の黄色から生まれた蝶々
しばらく花と戯れ
やがて　別れを惜しんで
ああ　飛んでいった

私も菜の花の中にしゃがんで
黄色い空気を吸い
かろやかな息を吐く

夕暮れ
いつまでも明るい菜の花の向こうから
大きな月が上がる
すこし輪郭のぼやけた
菜の花色の月

雨を見ている

私は雨を見ている
降るとも見えぬ細かな雨
私はその雨に濡れている庭を見ている
草や木や石を

まだ寒かったとき
ほつほつと咲いて
春の息吹を感じさせてくれた黄色い花
蝋梅　連翹

今見ればどの樹も皆緑濃い

うっとりするピンクで
大勢の人を驚かせ楽しませたしだれ桜
これも今は幾筋ものの
緑濃い枝が滝のように垂れている

濡れる飛び石のまわりの苔も
しっとりふくらみ
いまこの庭は
次の季節に移ろうとしている

思ってみる
ゆっくりと確実に

いくつもの芽生え
いくつもの成育
そしていくつもの終焉
この庭にも回ってゆく時

うかつにあわただしく過ごせば
気付かぬ季節の優しさ
雨が光らせ風が動かす
闌《た》けてゆく季節の息吹

私は雨を見ている
雨に濡れていく庭の
移ろう時を見ている

連鎖病状

「今朝お父さんが倒れた
意識がなかったので救急車を呼んだ
今はもう気がついているけど」
実家の近くに住む弟からの知らせ
驚いて病院に飛んでいった
「心配せんでもいいたいしたことはない」
そういう父はいつもの父だった

「軽い脳血栓でしょう

二、三日様子をみましょう」
と言う医者の言葉に安心し
入院の用意をし手続きをした

点滴に投薬安静
点滴に投薬安静
そんな四、五日

食欲も出たしもう大丈夫と言われて
退院の許可が出た
トイレに行こうとベッドからおりたとたん
また倒れた
意識ははっきりしていた
脳血栓でも脳溢血でもなく

足の筋肉がすっかり衰えていたのだ

父はそれから本格的入院患者になった
私は実家と病院を頻繁に通うことになった
「足がいうことをきかんようになって」
とうめくようにつぶやく父
返す言葉もなく横を向く私
入院して治療して歩けなくなった
入院して治療して病人になった

その日から老いが全身に廻った
動かない身体がどんどん深みにはまって
生きようとするエネルギーが
急速に失われていった

梅雨も末期の重苦しい病室
夕方から激しい雨になった

夏よ

空が高くなり
雲が薄くなり
陽が穏やかになり

寝付きが楽でぐっすり眠れて
朝から体も良く動き
そうだ
爽やかな季節が戻ってくるのだ
と気づくうれしさ

さあ張り切ってみるかと一人つぶやく

去りゆこうとしている
夏よ
おまえはいつからそこまで
過酷な季節になったのだ
焼かれるような暑さ　それも連日
たたきつけて降る雨　それも集中的に
巨大台風の猛威　それもいくつも

そんなにも人々を恐れさせ狂わせ
いずれ地球を乗っ取り
人類をいためつけ滅亡させるのか

子どもの頃の
暑くてもはじけるように
はしゃぎまわった
あの夏の日々の楽しさは幻か

肩をいからせるように去りゆく夏よ
限度をこえて襲いかかる
その残酷なまでの容赦のなさに
思い出してさえただおののく

空蝉

庭の木の枝先に
空蝉ががっしりくっついている
その光る目は最後に見ただろう
地面に残った穴
奥で過ぎた七年という時間
やっと抜け出たその闇

ざっくり割れた背中から
命が無事に羽化したとき願ったこと

飛び回れ
オスなら鳴け
メスなら卵を産め
命尽きて地に落ちれば
蟻に引かれてまた闇のなか
急ぎ鳴け
急ぎ産め

日が昇って暑くなり始めた庭に
蝉の合唱は始まりかしましい

おりしもお盆の日々
里帰りした親子らしいのが
長い網を持ってやってくる

ハンミョウ

いつもの兄弟げんかなのに
お姉ちゃんのあんたが悪いと
こっぴどく叱られて泣いて飛び出した
泣き疲れて　歩き疲れた知らぬ場所
あの時暑い夏の土道で
ふわりと目の前に現れた金属色の昆虫
何だろうと近づくと
また　ふわりと飛んでこちらを見る
ついておいでよとでもいうかに
ふわり　ふわり

何度か追いかけながら
行ってしまおう　どこか
けんかしなくて怒られなくて
何か面白いもののありそうな所へ
あのとき私は夢中で追いかけていた
小さな金属色した昆虫を

ハンミョウを見なくなった長い年月は
どこかいいところなんてない　と
知ってしまった年月
でも今ここにいる私は
誰に　何に　誘われて
ここまできたのだろう

狼藉の後

叩きつけられ
引っ張られ
捻られ
折り曲げられ

投げ飛ばされて散らばった
瓦　板戸　フェンス　波板　看板　もろもろ
それ以上にたくさんの木の枝　葉っぱ

四国に上陸し瀬戸内海を過ぎ
近畿から北陸を経て
日本海へ駆け抜けた台風二十一号の狼藉

想定外だった被害のひどさに
愕然としながらも
「まあ　これぐらいで済んで」
「そうよ　まだましよ」と
慰めあうご近所同士
そして後始末に右往左往する日々

一週間ほどたったある日
引きちぎられた木の枝の隣の枝が
ぐんと元気になっている

枯れたと思っていたプランターに
緑が芽生えている
見回ればそこここに雑草が伸び始めている

地の中からにじみ出てくるエネルギー
そうなんだとじっくりあたりを見渡せば
庭の隅にはなにやら黄色いものが
見れば返り咲いた山吹の花一輪

ブルーシートをかぶった屋根の上の空が高い

彼岸花

「こんな色もあるんですよ
きれいでしょう」
と差し出された白い彼岸花の花束

手に取れば
かすかにクリーム色を帯びた
細い花びらの繊細さ
しばし見入った

秋の彼岸の来る頃にあわせ
あちこちにぬっと現れる
紅い彼岸花
川原　畦道　墓の周りなど
子どもの頃には
当たり前で注意もしなかった

摘んで帰って
おばあちゃんにいやがられた事だけ
よく覚えている
「そんな死人花　縁起が悪い」
どうして……分からないまま
紅くみっしり咲く彼岸花は

いつからか私の日々から遠ざかり
花屋で見かけることもなく
そのイメージが胸に残るだけ

頂いた白色彼岸花
ガラスのしゃれた花瓶に
さっくりと活けた

このまま

〝そろそろおしまいやね〟
〝うん　終わるころや〟
つぶやくでもなくつぶやく

観光客が押し寄せる紅葉の京都
その混雑をさけ
小さなお寺のひっそりとした庭で
カエデやハゼやドウダンツツジの
それぞれの紅葉を見ている

終わる季節の穏やかな日差し
そのなかで輝く赤や黄色
時に吹く風に舞い散る二　三片

〝いまが　すごくいい時なんやね〟
〝うん　短い　いい時〟

このままじっと
もうしばらくじっと
何も動かないでいて欲しい

迎え花

ふすまを開けて座敷に入ろうとしたら
なにかいい香りがする
甘やかな　誘うような
でもどこか自己主張しているような
匂いが鼻腔をくすぐる

一瞬戸惑ったが
ああ　床の間に飾った百合の香りだ
部屋を暖めていたので

今朝活けたときは蕾だったのが
ひとつ開いたのだ
淡いピンク色が縁取る大ぶりの白い花
近づけば香りはぐんと濃く

花の蘂《しべ》が
香る微粒子を放つのか
微細な香りの波動なのか
みじんも空気を動かさず
こんなに香りを広げる不思議を
今また思う

床の間の迎え花は
蕾がひとつ花開いて

ちょっとバランスが崩れた
ごめんねとひとりごちつつ
下の花のひとつに鋏を入れる

しばらくすればお客が見える
香る百合が迎えるこの座敷に

雪が降る

テレビの天気予報は
強い寒気団が南下してきて冷え込み
北日本では雪でしょう　という
画面の地図の東北　北海道は真っ白
〝あんなに降ってまだ降るんだ〟

雪は天から送られた手紙である
教科書で読んだと思う
雪を研究する高名な学者の一節

そうなんだとうなずき
感銘したのも若さ故か
〝そんなにたくさんよこさなくても〟

太郎次郎を眠らせ
屋根に降り積む雪　の詩
あれを読んで以来
雪の降り積む風景を見れば
幼子の寝姿が目に浮かぶ
〝あの子たち　いつ目覚めたのか〟

雪が降る　あなたは来ない……
フランス崇拝の
シャンソン好きの日本人だもの

アダモが歌ったこの歌
冬になればいやでも耳に付く
〝雪が降ろうが降るまいが
来ないあなたは来ないんだ〟

めったに雪の降らない京都でも
今年は正月早々雪が降った
積雪二十センチでおお騒ぎ
都市機能はたちまち乱れるが
なに　子どもたちはおおはしゃぎ
すぐに雪だるまが誕生
〝つかの間の銀世界の中で
雪だるまのつかの間の存在感〟

予報では　明日
雪が降るであろう　関西でも
北極の冷気は衰えを見せない
子どもの頃雪は喜びをもたらす白だった
その白が今では災害をもたらすものに
〃あなたはこなくてよいから
春よ　早く来て〃

Ⅲ

風呂

五右衛門風呂　言うても分からんやろな
下から薪や石炭で焚く鉄製の風呂や
上手に底板に載るのがむつかしかった

お父ちゃんと一緒に入っていたから
小学校一年か二年やったと思うわ
まだ明るかったから夕方やったんやろう
「潮水につかったらよう洗わんと」言うて
お父ちゃんごしごし洗ってくれた

けど力強うてだんだん痛とうなって
とうとう泣き出した
あのときのひりひり感と
目の前の日焼けした身体を
大きいなと思ったん覚えてる

それから小学校も高学年やったと思うわ
いつもは一人で入っていたのが
お母ちゃんと一緒やった
背中を洗ろてもろて一緒に湯船につかった
「今夜は冷えるからようつかりや」言うて
すっと出て行ったお母ちゃんの白い濡れた肌を
灯りの下でぼおっと見とれて
何でかつと眼をそらせた

小さな電球に照らされた薄暗い風呂場
黒い大ぶりな風呂桶に溢れていたお湯
カマドウマがいて
早うどこか行けとお湯かけたんもおぼえてる

おばあちゃんとこのお風呂やったんやろな
あの五右衛門風呂
それ以来もう入ることもなくなったのに
時々そんなことだけ思い出すわ

なにもかも湯気にかすんだみたいに
ぼんやりしてるけど

いつから

夕食の冷や奴に
ミョウガや青ジソを添えて
香りもごちそうのうち

いつから気づいたんだろう
独特なそれぞれ香り
野菜がもつやわらかい香りを
なくてはならぬものとして

ぎょうざをこねるときの
ニンニクやごま油が効いた匂い
部屋中に満ちる
カレーの複雑な香辛料の匂い
食欲がわいてくる強烈なそんな匂いには
子どもの頃から慣れていたけれど

かって東南アジアの香辛料は
金と同じで取引されたとか
肉の保存料でもあったそれらは
肉食が主なヨーロッパの人たちの必需品
でも　それだけではない
香りは人びとの脳に染みこみ
ハートを深く揺さぶって

なくてはならぬものになった

この前食べたタイの生春巻き
パクチーのパンチのある匂い
決してかぐわしいとはいえぬ
あの匂いに慣れて
おいしいと思ったのは
いつから

なまこ

ぷにょぷにょ　ぬるぬるには
いまだに慣れないけれど
寒い頃の口福の一品
なまこの酢のもの

さっと腹を割けば
流れ出たのは海の潮か
体内は口から肛門まで管一本
摂取と排泄

大切なことはそれだけだ

肺や心臓や肝臓など
無いと言うことは癌の心配もない
顔も頭もないんだから
ブスの悲哀もはげの屈辱もない
脳みそも無いんだから
試験の恐怖心もない
心を患うこともない

友もいなければ親戚もないから
わずらわしいもめごともない
海の底で今日も明日も食べて出す日々
あれもないこれもない

ないないづくしの何という潔さ

シンプル　イズ　ベスト

神はなぜ人間を
こうも複雑な生き物に仕立てあげたのか
もっとシンプルだったら楽なのに
体も心も生き方も
進化って一体なんなんだと思うころには
ゆずの香りもたっぷりな
なまこの酢のものはできあがり

ごはんだよ

虫たちよ

目の前に小さな黒い虫が飛ぶ
それに気付いたのはもうだいぶ前
眼科医は「飛蚊症」と言った
病気と言うより加齢によるんだと

耳の奥で時々じんじんと音がする
小さな虫が鳴いているような邪魔な音色
耳鼻科の医者は年のせいですといっただけ

しばらく収まっていたのに

このところやたらあばれる腹の虫
改憲に突っ走る首相
非正規のままの若者の絶望
保育所不足に悲鳴を上げる親たち
なにを聞いても収まらず
日々苦虫をかみつぶす

我が身の内にいる虫ならぬ虫たちよ
加齢という時間の旅のなかで
棲みついたおまえたちは私の一部
今しばらく好きに生きろ

私もおじゃま虫として
もうしばらく生きるから

ただよって

ドアを入ったすぐのカウンターのはしに
小さな金魚鉢は置かれていた
〃琉金〃というらしい赤い金魚が
泳ぐと言うよりも浮かんでいた
金魚鉢をチンとはじいて私の夜は始まるのだった

十人も入ると一杯の店
タバコとアルコールの匂いのしみた空間に
夜な夜な集まる常連

だんだん酩酊していく中でも目に入る金魚の赤
酔った誰かの「金魚が動かへんで」という声に
「金魚かて夜は眠ります」とママは答え
どっと笑ってまたウイスキーが注がれるのだった
「こんな狭いいれものでよう育つな」
「ええなあ　悩みないやろなあ」
はき出せない辛い思いや
重たいひと言の代わりの金魚へのつぶやき

金魚鉢がなくなったのはいつだったたか
「一人暮らしのお母ちゃんのとこへ持ってった」
というママの言葉に誰も何も言わなかった
ただウイスキーは注がれ
みなはそれぞれの酔いの海に沈んでいくのだった

少しずつ金魚の記憶も薄れてゆき
少しずつ顔ぶれも変わっていった

なにか探していたにしては
閉じこもっていたに過ぎない空間
求めていたにしては
ふらふら焦点の決まらなかった時間
金魚よりももっとただよっていたあの頃
いまでは人も店も思い出せないのに
あの金魚は時に浮かび上がってくる
錆朱色にくすんで
しっぽが擦り切れた姿で

思い出

たっぷり水を湛えた池の底から
ふつふつわく泡のように
何の変哲もない土の中から
ほつほつと現れる芽のように

胸の奥深くから
現れては消えまた現れ
あっちにひっかかり
こっちたまり

時にふと気に掛かる

あれもこれも忘れに忘れたのに
いまだに消えず残っている
いとしいようなあれ
とまどうようなこれ

思い出ってやつは

無心

静謐の中で
ぼんやりしている
振り向けば
笑顔の幼なたち
先の方には
おだやかに在る
年長の人たち

どの人も
よく知っているような

どこか
私に似ているような

ゆるやかに
輝き続けるおだやかな時の中で
ただそこに
静謐の中にいて
束の間
無心な私

遠いところ

遠いところへ行こうよ
と　あなたは言う
遠いところって？
私はたずねる

ここを出て
霞んでいるところを抜けて
透明なところへ

悪くないわね
でも今すぐはだめよ
あれこれかたずけて
それからよ

ね
それでいいでしょう
あな……た

え、誰もいないの？

それじゃあ
遠いところへ誘ったのは
もしかして……

角を曲がる

二十歳の角を曲がった
先の見えない長い長い道があった
白いドレスを着て華やかに花を抱き
道をそれていく人が疎ましかった

三十歳の角を曲がった
家庭の圧力に押しつぶされたただ忙しく
流されていく不安がいっぱいだった

四十歳の角を曲がった
混沌として少しずつ固まり始めた渦の中にいた
流れに逆らわないのも楽なのかと思いだした

五十歳の角を曲がった
目がかすみ耳が遠くなっていくのがわかった
いつまでもあると思うな命と意欲と知った

六十歳の角を曲がった
得なかったこと　捨てたもの
いろいろあったけどもういいか
自分の意志のみで生きてるんじゃないんだと悟った

七十歳の角を曲がった

周りの景色がいとおしくなりだした
あるべき様にある物たちと共にあろう
と思うようになった

今　耳元を
音を立てて時が過ぎてゆく

寄り添って

そっと寄り添っていよう
言葉に
言葉が紡ぎ出す
詩に
歌に
俳句に
文に

言葉を文字として刻印し

くりかえし読む

脳の海馬あたりが記憶すれば
紡ぎ出されたそれらは
かすかな波動をおこす
そしてめぐりめぐって
むねの奥深くにたどり着き
すべての細胞をふるわせる

ざわざわとただ流れゆく
日常のあわただしさのなか
時に訪れる
ゆるやかな時間
そのなかで

寄り添っていたい
言葉に
言葉が様々に紡ぎだす
きらめく波動に

あとがき

私が第一詩集「ささやかな形見」を出版したのは詩誌「ポエム」（福中都生子主宰）に参加していた独身だった頃。昨年末にすみくらまりこさんのＪＵＮＰＡから復刻版が出版されて、奥付の一九六六年刊という年号にいささか感銘を受けました。半世紀以上も詩と関わっていたのだと思うと進歩の無いのは致し方ないとして、詩の持つ大いなる磁力にすっかり魅せられたのだと改めて思うのです。

長い年月そんなにも詩のことを思っていても、詩の方は一瞥もくれないという時期もあり、書けなくなったり書かなかったりしてぐずぐずしていました。

それでもこのたび「澪標」の松村信人さんの力をお借りして散らばっていた詩をまとめ詩集「雨を見ている」の出版の運びとなりました。瀟洒な詩集に仕上げてもらって、ああ良かったと思っています。

根来眞知子

著者略歴

根来 眞知子（ねごろ まちこ）

1941年生まれ。

鳥取県、大阪府を経て京都府在住。

大阪大学文学部卒。大阪文学学校23期生。

福中都生子さんの「ポエム」から詩誌「叢生」を経て、

現在は「現代京都詩話会」所属、関西詩人協会会員。

詩集　『ささやかな形見』

　　　『乾いた季節』

　　　『夜の底で』

　　　『私的博物誌』

　　　『たずね猫』

現住所

〒616-8325 京都市右京区嵯峨野高田町八番地

雨を見ている

二〇一九年八月二十日発行

著　者　根来眞知子

発行者　松村信人

発行所　澪　標《みおつくし》

大阪市中央区内平野町二‐三‐十一‐二〇二

TEL　〇六‐六九四四‐〇八六九

FAX　〇六‐六九四四‐〇六〇〇

振替　〇〇九七〇‐三‐七二五〇六

印刷製本　亜細亜印刷株式会社

DTP　山響堂 pro.

定価はカバーに表示しています

落丁・乱丁はお取り替えいたします